GUÍA DE LECTURA

Escrita por Danny Dejonghe
Traducida por Laura Soler Pinson

Ensayo sobre la ceguera

de José Saramago

Entiende fácilmente la literatura con

ResumenExpress.com

www.resumenexpress.com

JOSÉ SARAMAGO

ESCRITOR Y PERIODISTA PORTUGUÉS

- **Nacido en 1922 en Azinhaga (Portugal)**
- **Fallecido en 2010 en Lanzarote (islas Canarias, España)**
- **Algunas de sus obras:**
  - *El evangelio según Jesucristo* (1991), novela
  - *El hombre duplicado* (2002), novela
  - *Ensayo sobre la lucidez* (2004), novela

José Saramago nace en 1922 en Portugal, en una familia humilde. A los 12 años, se ve obligado a abandonar el instituto para seguir una formación de cerrajero. Ejerce diversos oficios, y trabaja como periodista en el *Diário de Notícias* y más tarde como traductor, antes de introducirse en el mundo de la literatura. Su primera novela, *Tierra de pecado*, se publica en 1947, pero alcanza la fama con *Memorial del convento*, su primera obra traducida, publicada en 1982.

Saramago, miembro del Partido Comunista, se exilia a las islas Canarias en 1991, puesto que su obra *El Evangelio según Jesucristo* se considera una blasfemia y se censura en su país. Es doctor *honoris causa* de diversas universidades de todo el mundo, y recibe en 1995 el Premio Camões, la más alta distinción de las letras portuguesas, y el Premio Nobel de Literatura tres años más tarde. Su obra, que abarca novelas, ensayos, poesía y teatro, se ha traducido a una gran cantidad de idiomas y se ha publicado en todo el planeta.

ENSAYO SOBRE LA CEGUERA

EL DECLIVE DE LA SOCIEDAD A TRAVÉS DE LA ALEGORÍA DE LA CEGUERA

- **Género:** novela
- **Edición de referencia:** Saramago, José. 2010. *Ensayo sobre la ceguera*. Traducido por Basilio Losada. Madrid: Alfaguara. E-book en epub
- **Primera edición:** 1995
- **Temáticas:** ceguera, aislamiento, mundo apocalíptico, rebelión, pérdida de la razón, esperanza, violencia, dictadura, anarquía, deshumanización, barbarie, supervivencia

Ensayo sobre la ceguera, publicado inicialmente en Portugal en 1995, se traduce al español en el mismo año y se vende a través de la editorial Santillana. Todo empieza en una ciudad anónima, cosmopolita y obstruida por el tráfico. Un coche se para en un semáforo y, de repente, su conductor se vuelve ciego. A partir de ahí, se suceden una serie de fenómenos similares.

Se pone en cuarentena a las personas afectadas por la epidemia de ceguera, en un asilo con unas condiciones de vida deplorables, donde reina una sociedad deshumanizada. En esta atmósfera lúgubre, existe aun así una luz de esperanza: una persona se ha salvado del contagio. Se trata de la mujer del oftalmólogo, que servirá de guía a los ciegos para que encuentren de nuevo el camino hacia la civilización.

RESUMEN

UNA EPIDEMIA DE CEGUERA

En una ciudad de la que no conocemos el nombre, el conductor de un coche que está parado en un semáforo pierde la vista repentinamente. Un joven se ofrece a llevarlo hasta su casa, pero aprovecha para robarle su vehículo y se vuelve ciego también. El primer ciego se dirige a la consulta de un oftalmólogo, acompañado por su mujer. En la sala de espera, se encuentran con una joven sublime que lleva gafas oscuras para disimular una conjuntivitis, un niño estrábico y un anciano que tiene que operarse de cataratas y que lleva una venda. El médico se muestra perplejo por la enfermedad: efectivamente, su paciente está ciego, pero el ojo está intacto. Esa misma noche, mientras investiga acerca de esta «enfermedad», él también pierde la vista.

Las autoridades, enteradas del fenómeno, ponen a estos ciegos contagiosos en cuarentena en un asilo. Así, se encuentran el primer ciego, el ladrón de coches, la joven con la conjuntivitis, el niño estrábico y el oftalmólogo con su mujer. Esta última simula ser ciega para quedarse junto a su marido. Más tarde llegarán el viejo con la venda, la mujer del primer ciego y la secretaria de la consulta del oftalmólogo. La enfermedad que sufren se denomina el mal blanco, puesto que los enfermos lo ven todo de ese color.

UNA SOCIEDAD DESHUMANIZADA

En el asilo de alienados, las condiciones de «detención» son casi inhumanas y, de hecho, podrían llegar a confundirse con las de los campos de concentración nazis: los pacientes reciben poca comida, no se les cuida; el lugar es insalubre y lo van ocupando sin tregua enfermos nuevos, que llegan todos los días por decenas; todo el mundo está vigilado por centinelas preparados para ejecutar a cualquier interno que intente escaparse... De hecho, este es el futuro que aguarda al joven ladrón de coches, que intenta fugarse a pesar de tener una herida que lo debilita en el muslo. La joven es quien le causa la lesión, después de que él tuviese un gesto inapropiado con ella.

A pesar de los numerosos esfuerzos que hace por ser contaminada, la mujer del médico resiste a la epidemia, pero sigue fingiendo aún así ser ciega para no ser excluida. Como todavía conserva la vista, puede ubicarse en el espacio y ayudar a los ciegos en sus tareas cotidianas, lo que la convierte en una especie de guía.

El flujo de enfermos es tal que las autoridades deciden erradicar el mal con una «liquidación física en masa» (Saramago 2010, 92). A partir de ese momento, muchos pacientes son fusilados por los centinelas. Los ciegos reaccionan y deciden unirse y apoyarse mutuamente. Pero esta cohesión durará poco y rápidamente dará paso a la individualidad: estallan disputas, sobre todo en cuanto al reparto de comida, puesto que cada uno quiere más de lo que le corresponde, o incluso en cuanto al escándalo de algunos, que perturba el sueño de los demás. Así, la nueva sociedad que se establece pone el interés individual por encima del interés colectivo. La situación empeora con la llegada de los últimos ciegos, que son en su mayoría ladrones que racionan la comida y que le ponen precio, y amenazan con dar una paliza a quien se niegue a pagar.

AUMENTA LA VIOLENCIA

Los últimos en llegar instauran rápidamente una auténtica dictadura, y cuanto más pasan los días, más se intensifica el horror. Al principio, se limitaban a racionar a los otros residentes, pero los «ciegos malvados», con un gran apetito sexual, reclaman ahora mujeres para violarlas, a cambio de comida. Mientras que algunas deciden rebelarse, un grupo de siete mujeres, entre ellas, la mujer del oftalmólogo y la joven con gafas oscuras, deciden entregarse a los bárbaros, que las violan salvajemente, para poder seguir alimentándose. Una de ellas muere por las heridas causadas. Los abusos sexuales siguen con más fuerza, y la mujer del médico termina por asesinar al jefe de los malvados.

Lejos de calmar la situación, el difunto jefe es reemplazado inmediatamente por otro, un contable que hasta ese momento era inofensivo, pero que decide privar a los otros internos de comida, aun cuando las autoridades han decidido no entregarles más víveres. Algunos, entre los que se encuentran el oftalmólogo y su mujer, el primer ciego y su esposa, el joven, la chica con conjuntivitis y el anciano con la venda, intentan valerse de astucias para robar comida a los malvados.

Poco tiempo después, todos los internos deciden rebelarse empleando los medios que tienen a su alcance, y esto origina una verdadera batalla épica. Sin embargo, esta se salda con una derrota. Finalmente, es una mujer anónima la que le prende fuego al edificio, acaba con los malvados y destruye el asilo de un solo golpe. Ya cada uno es libre de circular por la ciudad.

LOS CIEGOS EN LA CIUDAD

Las primeras sensaciones que experimentan los ciegos cuando salen son la desorientación y el miedo generados por el redescubrimiento del entorno que los rodea. Además, observan que todo el mundo ha perdido la vista en la ciudad: de esta manera, prevalece la ley de la jungla cuando se trata de alimentarse y de beber. «Por todas partes hay ciegos con la boca abierta hacia las alturas, matando la sed, almacenando agua en todos los rincones del cuerpo» (Saramago 2010, 242). La mujer del oftalmólogo, que pone a salvo al grupo, decide ir a buscar víveres y descubre una cueva repleta, inaccesible para los ciegos. Entonces, vuelve al refugio junto a sus amigos y les permite sustentarse.

Una vez que han recobrado fuerzas, cada uno busca su domicilio. La primera casa que visitan es la de la joven con gafas oscuras, que espera reencontrarse con sus padres. Desgraciadamente, han desaparecido. A la mañana siguiente, vuelven a la ciudad y llegan al barrio donde vivían el médico y su mujer. En su piso, el grupo descubre de nuevo el gusto del agua y la felicidad de poder lavarse. Tras pasar una noche en ese apartamento, la mujer del oftalmólogo decide ir otra vez a buscar comida. A su vez, el primer ciego y su mujer, que la acompañan, desean dirigirse hacia su morada. Pero descubren que un escritor se ha mudado allí junto a su familia. La pareja, que ahora vive con el grupo, decide dejar el alojamiento al escritor, puesto que, desde la ceguera generalizada, la propiedad privada es una de las numerosas nociones olvidadas por la población.

LOS CIEGOS RECOBRAN LA VISTA

Al día siguiente, el oftalmólogo y su mujer parten en una nueva expedición para buscar comida, y constatan que la ciudad va de mal en peor:

> «El aspecto de las calles empeoraba cada hora que iba pasando. La basura parecía multiplicarse durante la noche, era como si desde el exterior de algún país desconocido, donde todavía hubiera vida normal, viniesen sigilosamente a vaciar aquí sus contenedores (...)» (Saramago 2010, 321).

Cuando llegan a la reserva, la mujer descubre decenas de cadáveres en las escaleras que llevan al escondite. Se desmaya, impactada por lo que ve. Gracias al apoyo de su marido, logra entrar en un templo religioso en el que la pareja hace otro hallazgo aterrador: todas las figuras religiosas (Jesús, María, los santos, etc.) tienen los ojos vendados.

Al volver al apartamento, hacen una comida austera y durante la noche se produce un milagro. El primer ciego recobra la vista igual de rápido que la había perdido. Lo mismo sucede con cada miembro del grupo y con cada habitante de la ciudad. La razón de esta ceguera general repentina y de su cura seguirá siendo para siempre un misterio.

ESTUDIO DE LOS PERSONAJES

EL PRIMER CIEGO

Este hombre pierde la vista repentinamente cuando está parado en un semáforo en rojo. Alguien viene a ayudarle, pero se aprovecha de la situación para robarle el vehículo. Tras este acontecimiento, el primer ciego le profesará a lo largo de toda la obra un cierto rencor al ladrón.

Este personaje no tiene un papel principal; aparece sobre todo cuando se trata de llevar a cabo expediciones en los otros dormitorios del asilo, o cuando tiene que ayudar a su grupo a encontrar comida. Quiere mucho a su mujer, de la que no se separa, y se muestra muy posesivo con ella: cuando esta decide entregarse a los malvados, él le da la orden de no presentarse ante ellos. Por otra parte, es el primero en recobrar la vista.

EL LADRÓN DE COCHES

Este joven se ofrece voluntario para llevar al primer ciego a su casa, pero se aprovecha de la situación para robarle el vehículo. A su vez, pierde la vista y es encerrado con los otros ciegos en el asilo.

Dentro de la comunidad, a veces tiene comportamientos inapropiados, sobre todo con las mujeres. Una de ellas se defiende y le inflige una grave herida en la pierna. No soporta más el encierro, así que intenta escaparse, pero lo ejecutan los centinelas que vigilan el edificio antes de haber alcanzado la salida.

LA JOVEN CON LAS GAFAS OSCURAS

Esta joven va a la consulta del oftalmólogo por una conjuntivitis; pierde la vista horas después.

Parece que le gusta el contacto de los hombres, pero no por ello se deja llevar cuando se siente molestada. Demuestra una cierta fuerza de carácter y se muestra protectora y maternal con el chico estrábico, pero también con la mujer del oftalmólogo cuando esta se encuentra al borde de un ataque de nervios.

Cuando vuelve a la ciudad, busca el piso que compartía con sus padres, pero ahí ya no encuentra a nadie. Al final de la novela, quiere irse a vivir con el anciano de la venda, con quien se abraza una noche, pero pretende no estar enamorada de él. Es la segunda persona que por fin recobra la vista.

EL ANCIANO CON LA VENDA

El anciano es otro paciente del oftalmólogo que se vuelve ciego. Cuando llega al asilo, solo posee una radio que permite que sus compañeros se mantengan informados de lo que ocurre en el exterior. Cuando los ladrones llegan, actúa con mucha más discreción, puesto que no quiere que le confisquen su único bien. A partir de ese momento, escucha las noticias solo, escondido bajo las sábanas, antes de informar a los demás.

Al final de la novela, confiesa que desea vivir con la mujer con las gafas oscuras.

EL OFTALMÓLOGO

El médico recibe en su consulta a cuatro de los ciegos encerrados antes de que le sobrevenga a él también la ceguera. A pesar de las investigaciones que lleva a cabo, no logra explicar el origen de la enfermedad. Cuando pierde la vista, es encerrado junto a su mujer en el asilo, donde es nombrado jefe del «barracón». A lo largo de toda la historia, encarna la voz de la razón.

Se convierte también en un gran apoyo para su mujer, que finge estar ciega. Los otros solo perciben el horror con los demás sentidos, pero ella es consciente de todo lo que ocurre y está a punto de sufrir varios ataques de nervios.

El oftalmólogo es la tercera persona que recobra la vista al final de la novela.

LA MUJER DEL OFTALMÓLOGO

Ella es el único personaje de la novela que no se queda ciego, y no se nos ofrece ninguna explicación, ni física, ni psicológica, para ello. Sin embargo, no podemos dejar de preguntarnos: «¿Por qué ella?». Sin duda, un elemento de la respuesta reside en el hecho de que es una mujer con grandes cualidades morales: es sensible y generosa, no hace uso de su «poder» para dominar, sino que lo emplea en ayudar a las personas que quiere.

Así, cuando finge ser ciega para acompañar a su marido al

asilo, se convierte en una ayuda capital para los ciegos, ya sea para llevarlos hasta los aseos, para tomar la comida o para ayudar a su marido a enterrar a los muertos (tarea que deben realizar los internos). De esta manera, tiene un papel de guía. Permite que su grupo no caiga por completo en la bestialidad, que conserve una cierta dignidad.

Por lo común, esta mujer tiene nervios de acero, pero empieza a flaquear cuando las condiciones de vida de los internos se vuelven inhumanas. De hecho, es ella quien mata al jefe de los malvados. Cuando se incendia el asilo, el grupo se ve en la calle, y ella es la encargada de racionar. Gracias a su capacidad visual, de nuevo, puede encontrar lo que busca. Ve unas escaleras al lado de un ascensor fuera de servicio, las utiliza y descubre una habitación repleta de comida.

Según avanza la novela, toma consciencia de su papel de protectora y del cambio psicológico de la población que se ha vuelto ciega. Cuando todo el mundo recupera la visión, se ve invadida por la felicidad, puesto que su calvario ha llegado a su fin.

LA BANDA DE LOS «CIEGOS MALVADOS»

La banda de los «ciegos malvados» llega al asilo poco después que los primeros protagonistas. De alguna manera, representan a los poderosos que podemos encontrar a la cabeza de sociedades totalitarias y que piensan tener todos los derechos sobre los demás. Así, extorsionan a los internos para obtener su comida y no dudan en recurrir a las armas para alcanzar sus objetivos. Además de los robos, reducen también la libertad de los demás, les prohíben que vayan a los aseos y violan a las mujeres. Para hablar de sus comportamientos, el autor recurre con frecuencia a un vocabulario animal.

Todo el grupo muere en el incendio del asilo, provocado por una mujer anónima.

EL CIEGO CONTABLE

Los ciegos malvados cuentan en sus filas con un contable que escribe y lee en braille, y que parece sentir remordimientos a veces con respecto a los métodos empleados por su grupo. Al principio, no parece compartir las mismas convicciones que ellos, pero termina quedándose con el grupo por el bienestar material que le aporta.

Cuando la mujer del oftalmólogo asesina al jefe de los malvados, el ciego contable decide apoderarse del revólver de este último y se autoproclama jefe. Se convierte en un líder mucho más duro que el anterior, e incluso llega a privar a los otros internos de comida. Sin embargo, dentro del grupo sufre de una cruel falta de autoridad:

> «Después de la trágica muerte del primer jefe se había relajado en la sala el espíritu de disciplina y el sentido de la obediencia, el gran error del ciego contable fue creer que bastaba apoderarse de la pistola para detentar el poder en el bolsillo, cuando el resultado fue precisamente el contrario, cada vez que hace fuego, le sale el tiro por la culata, dicho con otras palabras, cada bala disparada es una fracción de autoridad que pierde (...)» (Saramago 2010, 217).

Muere entre las llamas, en el asilo, como los otros ciegos malvados.

CLAVES DE LECTURA

LO FANTÁSTICO AL SERVICIO DE UNA NOVELA-ENSAYO

La obra de José Saramago podría acercarse a la novela-ensayo. Los vínculos que mantiene su relato con el género del ensayo son perceptibles ya en el título, *Ensaio sobre a cegueira*, que se traduce al castellano como *Ensayo sobre la ceguera*. El autor confiesa su gusto por este género, porque le permite «transmitir algunas de [sus] preocupaciones o [...] algunas de [sus] obsesiones»[1] (Amorim 2010, 12).

El escritor parte de un planteamiento simple, pero que pertenece a lo fantástico, en la redacción de *Ensayo sobre la ceguera*: si todos perdiésemos la vista al mismo tiempo, ¿cómo reaccionaría la sociedad? Al despojarnos de uno de los cinco sentidos, el autor nos interroga acerca de la condición humana. Pensamos, en efecto, que nos merecemos todo lo que tenemos. Pero la realidad está lejos de ser tan clemente y todo puede cambiar de un día para otro. Con la ceguera, los personajes parecen haber perdido todos sus puntos de referencia y, en tan solo unas semanas, toda la sociedad se ve trastornada por ello.

De esta manera, Saramago nos presenta aquí una experiencia literaria, filosófica y sociológica a la vez al introducir un elemento fantástico en un universo realista, antes de mirar lo que pasa.

---

1. Cita traducida por ResumenExpress.com

UNA NOVELA ALEGÓRICA

Con *Ensayo sobre la ceguera*, José Saramago se lanza por primera vez en la novela alegórica. Este procedimiento literario consiste en utilizar una imagen potente para dar cuerpo a un concepto, una realidad abstracta. Se pone de moda durante la Edad Media —gracias, sobre todo, al *Roman de la Rose* (siglo XIII), de Guillaume de Lorris (poeta francés, c. 1200-c. 1238) y Jean de Meung (poeta francés, c. 1240-c. 1305), en el que la rosa es una imagen de la mujer amada— y vuelve a cobrar protagonismo con la novela *La peste* (1947), de Albert Camus (escritor francés, 1913-1960), en el que la plaga se percibe generalmente como una representación del nazismo.

La epidemia de ceguera: una alegoría, ¿pero de qué?

En lo que respecta a la novela de Saramago, el autor parece no querer dar explicaciones en cuanto al sentido oculto de esta ceguera repentina, puesto que, para él, esto «podría provocar que el lector comprendiera muchas más cosas de las que lo haría una teoría de frías descripciones didácticas»[2]. Sin embargo, aunque el misterio no se resuelve, podemos adivinar cuáles son las intenciones del autor: «provocar un despertar en las conciencias invitando al lector a una mayor reflexión»[3]. Y busca una concienciación que sea mundial: se dirige a toda la humanidad a través de personajes sin identidad que evolucionan en un marco espaciotemporal indefinido.

---

2. Cita traducida por ResumenExpress.com
3. Cita traducida por ResumenExpress.com

Al igual que Camus en *La peste*, el autor busca con su libro que el lector se mantenga en alerta: ¿acaso no es la ceguera que afecta a casi toda la población de una ciudad una metáfora de la ignorancia y del obscurantismo que nos encontramos desde siempre y aún en la actualidad, en nuestras sociedades, males que reducen al ser humano a la categoría de bestias? ¿Representa dicha metáfora el individualismo, la intolerancia, el hecho de que, en realidad, con nuestra mirada humana no vemos lo que se desarrolla de verdad ante nuestros ojos? Es el lector quien debe encontrar su respuesta, puesto que Saramago no explicita la suya.

Una metáfora de los campos de concentración

Ya hemos señalado que podemos ver en la epidemia de ceguera una concretización de los defectos de nuestra sociedad, pero surge otra metáfora más explícita en la novela: la de los campos de concentración. Cuando leemos las condiciones de vida de los pacientes internados en el asilo, nos imaginamos aquellos campos de la muerte que los nazis emplearon durante la Segunda Guerra Mundial (1939-1945). Los paralelismos son, de hecho, numerosos:

- se reparte a los ciegos en diferentes dormitorios en función de la causa de su enfermedad (según si son ciegos de origen o contaminados), igual que los nazis separaban a los hombres y a las mujeres a la entrada del campo para seleccionar a continuación a las personas aptas para el trabajo;
- las condiciones de vida son particularmente lamentables. Reina la suciedad y se raciona la comida, que es limitada;
- el asilo está vigilado por soldados que tienen la orden

de disparar contra todo aquel que intente escapar, como sucedía durante la Segunda Guerra Mundial;

- las autoridades de *Ensayo sobre la ceguera* deciden proceder a una purga en masa de una parte de los contaminados, tal y como sucedió con los judíos internados, que fueron exterminados por grupos en los campos nazis;
- para acabar, los internos del asilo, al igual que las víctimas de los campos, sufren deshumanización. Las condiciones de vida son tales que poco a poco pierden todas las referencias que los convierten en seres humanos.

EL TEMA DE LA DESHUMANIZACIÓN

La deshumanización es un tema muy presente en la novela de Saramago. Empieza a manifestarse con las atroces condiciones de detención en el asilo, en una especie de espacio cerrado psicológico, y continúa tras la salida del establecimiento: las calles de la ciudad son presa del caos, del horror, de una suciedad abyecta, que no es digna del hombre (residuos, excrementos, cadáveres, etc.). «Estaba sucio, sucio como no recordaba haberlo estado nunca en su vida. Hay muchas maneras de convertirse en un animal, pensó, y ésta es sólo la primera» (Saramago 2010, 101).

A partir de ahí, prevalece en todas partes la ley del más fuerte y el instinto de supervivencia.

Además, el hecho de que ningún personaje sea llamado por su nombre le da un alcance universal, y refuerza por otra parte el fenómeno de deshumanización. Los protagonistas se distinguen únicamente por su función (como el oftalmólogo), por su papel en la trama (como el primer ciego) o por sus particularidades físicas (como el anciano con la venda).

Observamos igualmente una señal de una sociedad que se aleja un poco de su cultura —y, por lo tanto, de su humanidad— cuando, de los cinco sentidos que tenemos, el que falla es el de la vista. ¿Acaso no hacen falta los ojos para tener acceso a ciertas formas de arte, como admirar un cuadro o maravillarse ante un espectáculo de danza?

PISTAS PARA LA REFLEXIÓN

ALGUNAS PREGUNTAS PARA PROFUNDIZAR EN SU REFLEXIÓN...

- *La peste*, de Albert Camus, puede considerarse una novela alegórica, como *Ensayo sobre la ceguera*. Compare las dos obras.

- En esta guía, hemos comparado las condiciones de detención de los ciegos con las condiciones de encarcelación de los judíos en los campos de concentración. Compare usted ahora el asilo de *Ensayo sobre la ceguera* con la descripción de los campos de concentración en *Viviré con su nombre, moriré con el mío* (2001), de Jorge Semprún, o *Si esto es un hombre* (1947), de Primo Levi.

- La novela presenta varios modelos de sociedades, ya sea en el asilo o en el exterior. Compárelos. ¿Qué diferencias y qué similitudes observa?

- *Ensayo sobre la ceguera* presenta una perturbación de la sociedad motivada por la ceguera, y la necesaria reconstrucción de una nueva sociedad. ¿Conoce otras novelas que tengan el mismo propósito?

- La razón por la que todo el mundo recobra la vista al final de la novela es un misterio. Elabore su hipótesis para explicar la ceguera repentina y la recuperación de la vista.

- Si se volviera ciego repentinamente, como todos los personajes de la novela, ¿qué actitud adoptaría? ¿En qué categoría se situaría?

- ¿Conoce otras novelas de José Saramago? ¿Qué puntos en común y qué particularidades tiene la novela *Ensayo sobre la ceguera* con respecto a las demás?

- En su opinión, ¿por qué escoge el autor que sus personajes pierdan la vista, en particular? ¿Podríamos llegar a una reflexión similar si todos los personajes hubiesen sufrido repentinamente de sordera?
- Intente elaborar el esquema actancial de la novela: ¿cuáles serían los héroes? ¿Cuál podría ser la búsqueda perseguida por los protagonistas? Etc.
- Comente este pasaje: «Creo que no nos quedamos ciegos, creo que estamos ciegos, Ciegos que ven, Ciegos que, viendo, no ven» (Saramago 2010, 340).

¡Su opinión nos interesa!
¡Deje un comentario en la página web de su librería en línea,
y comparta sus favoritos en las redes sociales!

PARA IR MÁS ALLÁ

EDICIÓN DE REFERENCIA

- Saramago, José. 2010. *Ensayo sobre la ceguera.* Traducido por Basilio Losada. Madrid: Alfaguara. E-book en epub.

ESTUDIOS DE REFERENCIA

- Amorim, Silvia. 2010. *José Saramago. Art, théorie et éthique du roman.* París: L'Harmattan.
- Errera, Eglal. 2013. «José Saramago». *Tous les discours de réception de prix Nobel de littérature.* París: Flammarion.
- Fréjaville, Rosa María. 2010. "Les manifestations de l'horreur dans *Ensaio Sobre a Cegueira* de José Saramago". *Cahiers du CELEC.*, n.° 1. Consultado el 12 de septiembre de 2016. http://cahiersducelec.univ-st-etienne.fr/index.php?option=com_content&view=article&id=18%3Acahiers-du-celec-nd1&Itemid=2

ADAPTACIÓN CINEMATOGRÁFICA

- *Blindness.* Dirigida por Fernando Meirelles, con Julianne Moore, Mark Ruffalo, Danny Glover y Gael García Bernal. Japón, Brasil y Canadá, 2008.

www.resumenexpress.com

ISBN ebook: 9782806279873

ISBN papel: 9782806284129

Depósito legal: D/2016/12603/357

Cubierta: © Primento

Libro realizado por Primento, el socio digital de los editores